Tadpole Books are published by Jump!, 5357 Penn Avenue South, Minneapolis, MN 55419, www.jumplibrary.com

Editor: Jenna Trnka **Designer:** Anna Peterson **Translator:** Annette Granat

Photo Credits: jondpatton/iStock, cover; Kadak/Shutterstock, 1; fstop123/iStock, 2 (girl); Anne Kitzman/Shutterstock, 2–3, 16bl; wavebreakmedia/Shutterstock, 4–5, 16tm; gmattrichard/iStock, 6–7, 16bm; rSnapshotPhotos/Shutterstock, 8–9, 16br; Design Pics/Ron Nickel/Getty, 10–11, 16tr; Suzanne Tucker/Shutterstock, 12–13, 16tl; sirtravelalot/Shutterstock, 14–15.

Library of Congress Cataloging-in-Publication Data is available at www.loc.gov or upon request from the publisher.
978-1-64128-102-7 (hardcover)
978-1-64128-103-4 (ebook)

¡VAMOS!

LOS AUTOBUSES

por Tessa Kenan

TABLA DE CONTENIDO

tadpole books

LOS AUTOBUSES

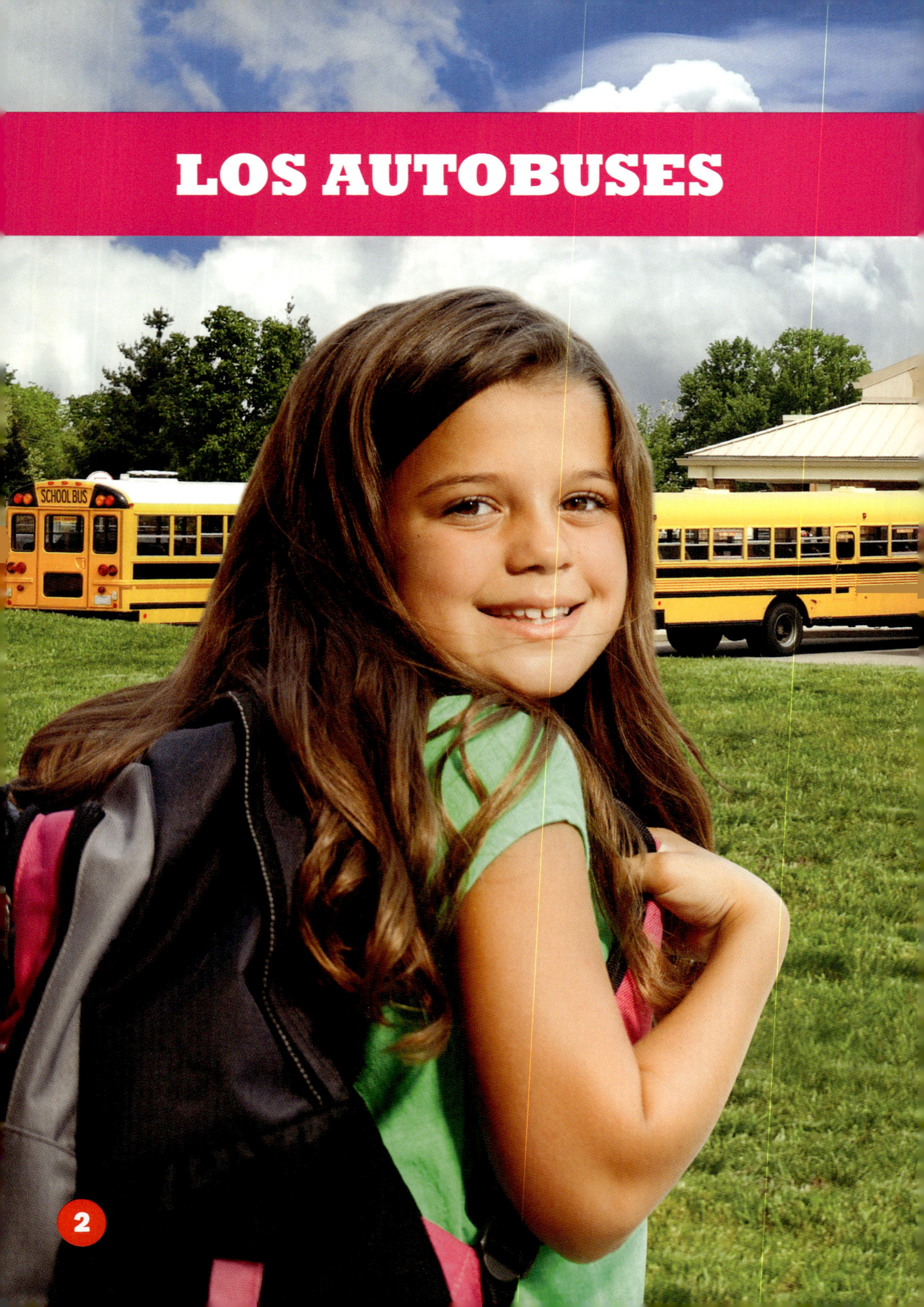

Es hora de ir
a la escuela.

El autobús está aquí.

¡Vamos!

El autobús es largo.

luz
STOP
SCHO

Tiene luces.

Tiene una conductora.

EMERGENCY EXIT

Tiene asientos.

SCHO

¡Vamos!

REPASO DE PALABRAS

asientos

autobús

conductora

escuela

largo

luces

ÍNDICE